U0079072

魔字傳奇
作者◎管家琪　繪圖◎吳嘉鴻

阿默先生得了一種怪病。

有一天早上，阿默先生在老婆的尖叫聲中醒來。

「怎麼了？」阿默先生一睜開眼睛，就看到老婆大人張著大嘴看著自己，神情非常驚恐，好像看到了什麼非常恐怖的東西，一隻手還朝自己指著，手指都在發抖。

「你……你……你……」講話向來活像機關槍的老婆，這會兒居然連話都說不出來了。

「怎麼了？」阿默先生又問了一遍。

這回，老婆大人勉強吐出了兩個字：

「你看……你看……」

又說不下去了。

阿默先生本能反應般的低下頭，

看看自己……

「哎呀！」他也嚇了一跳，

拚命的猛拍自己的睡衣。

在他的睡衣上，不知道什麼時候，

竟然有一大堆黑黑灰灰的螞蟻……

咦？螞蟻？阿默先生停了下來，對著那些「螞蟻」注視了一會兒，突然覺得很不對勁，便伸出右手的大拇指和食指，輕輕的捏起一隻黑色的小螞蟻，湊到眼前仔細一瞧，

天哪！阿默先生這才猛然發現，這根本不是小螞蟻，這是一個字！是「全」這個字！

這怎麼可能呢？阿默先生再陸陸續續捏起幾隻散落在床單上和地板上的「小螞蟻」，都是他剛才從睡衣上撢下來的，仔細一看，赫然發現這些「小螞蟻」竟然全部都是字！有一個「家」、一個「我」、一個「夢」、一個「逃」……

「怎麼會這樣啊？」阿默先生呆呆的看著老婆，這時他的手上還捏著一個「喂」。

不過，他很快就意識到造成老婆如此驚嚇的理由還不只是這樣。

喂
我
家
逃

阿默先生發現老婆指著自己的手還沒有放下來，而且她的手依然發抖得厲害。

「妳這是幹麼呀！」阿默先生問。

老婆大人做了一個深呼吸，總算講了四個字。

「你的耳朵……你的耳朵……耳朵……」

「我的耳朵？」阿默先生馬上用右手摸了一下自己的右耳。咦？好像摸到了一個小小的、軟軟的東西。

他拿到眼前一看，發現又是一個字！是一個「要」字！

「左邊……左邊……」

看到老婆發抖的手指以及恐懼的眼神都對著自己的左耳，阿默先生趕快用左手摸摸自己的左耳。結果，他摸到一個「晚」和一個「你」！

「這到底是怎麼回事啊？」阿默先生馬上一個箭步衝進浴室。

從鏡子中，他清清楚楚的看到了一個不可思議的現象。一堆小螞蟻……不，應該說是一堆的「字」，正從他的兩隻耳朵裡面慢慢的、不斷的湧出來！

「默」這個字有「不說話」、「不出聲」的意思，阿默先生人如其名，從小就很沉默。如果回顧一下他這大半生，經常出現在他生活周遭的人，偏偏一個個都非常愛講話，一個個都是嘴巴一打開就停不下來。

首先，是他的媽媽，再來是他的老師，從國小、國中、高中……阿默先生碰到的班導師，沒有一個不愛「精神講話」，總是動不動就要跟學生來一下「精神講話」。再來是走出校園以後，碰到的老闆也很愛講話，然後是女朋友，話也是很多很多。本來阿默先生覺得女朋友是還好啦，還滿可愛的，很會講故事，他覺得自己太沉默了，如果女朋友個性活潑開朗，有很多很多的優點，唯獨就是偶爾會讓他感到有一點點吵，阿默先生覺得跟這樣的女孩在一起，還是比較理想的，否則，如果兩個人都那麼沉默、那麼安靜，家裡不是一點聲音都沒有了？可是，萬萬沒想到，兩個人結婚之後，女朋友變成了老婆，而老婆不再講故事，開始經常批評他以後，阿默先生才猛然發覺，原來從前可愛的女朋友還真會說、也真能說！

可是，能怎麼辦呢？阿默先生是一個非常傳統的人，既然

默

婚都結了，那就只能想盡辦法好好的過日子，絕不可能還有半點別的念頭。那麼，他的辦法是什麼呢？當然就是拿出他的看家本事——保持沉默！

阿默先生就這樣過了幾十年。

現在，經過幾個「稀奇古怪」科的醫生隆重的會診之後，確認阿默先生是得了「話語超載症」。

一位滿頭白髮、蓄著山羊鬍的老醫生很權威的告訴阿默先生：「你聽進去的話太多了，多到現在都滿出來了！」

問題是，這麼多年以來，這些不斷「塞」進阿默先生耳朵裡的話語，既然現在已經把阿默先生的雙耳塞爆，而開始無法抑制的一個個的往外溢出，當然就不可能還跟當初「塞」進去的時候一模一樣，於是乎，原本每一句完整的話，現在就變得零零散散、毫無組織了，所以才會一下子掉出這個字、一下子又掉出那個字。至於字的顏色深淺，就表示它們待在阿默先生耳朵裡時間的長短，待得愈久的，也就是愈早被「塞」進去的，顏色就會愈深、愈黑。

醫生把阿默先生當成一個特殊病例。當所有會診的醫生一致推斷都是因為阿默先生身邊的人話太多，才會誘發這種怪病的時候，可想而知，此刻也陪在診間裡的兩個女人都非常的不高興。

這兩個女人，對阿默先生來說，都是非常重要的人：一個是他的妻子，一個是他的媽媽。

（其實，教過阿默先生的老師們如果也聽到了，一定也會很不高興，不過，幸好他們沒機會聽到，自然也就不可能生氣了。可見，有些事還是不知道的好！）

「哪有這種事啊？」阿默先生的老婆首先抗議道：「我怎麼會話太多？只不過是因為他都不說

話，所以就顯得我的話好像比較多。你們看，從他耳朵裡掉出來的字幾乎都是黑黑的，而淡灰色的字明顯比較少，從這一點看來，就可以證明在我的話進去之前，其實他的耳朵已經被塞滿了！」

對於這樣的論調，阿默先生的媽媽當然不能接受。老太太的年紀雖然不小了，精神卻還是跟以前一樣好，脾氣也還是跟以前一樣大，聽到媳婦居然膽敢把責任統統都推到自己的頭上，立刻就氣呼呼的反駁：「我跟我兒子說的都是必要的話！

空
識

新
評
個

要不然這些話怎麼能夠在他的耳朵裡保留這麼久？從這一點就可以充分證明這些話的價值了！恐怕只有那些沒有用的廢話才會裝不進去吧？明明裝不進去卻還要硬塞，當然就會滿出來了，這跟肚子明明已經吃得很飽、明明一點也吃不下，卻還要拚命把食物塞進去，結果就很容易造成嘔吐的道理是一樣的！」

「才不是呢，您那是歪理！」阿默先生的妻子說。

「才不是，本來就是這樣，妳才是歪理！」阿默先生的媽媽說。

正當她們倆吵得不可開交的時候，阿默先生的兩個耳朵又掉出了一個「別」、一個「偉」、一個「來」、一個「福」……

醫生們給阿默先生開了一種特效藥，暫時可以減緩字從耳朵裡流出來的速度。

不過，那位白頭髮的醫生對阿默先生說：「這只是治標，沒辦法治本。」

「那要怎麼樣才可以治本呢？」

「如果要治本，你在聽人家講話的時候，就不要那麼勉強啊。這些字都是被塞進去的，為什麼會被塞進去呢？就是因為你根本不想讓它們進去，可是它們還是得

進去，那就只好用塞的了，如果你不是這麼不甘願……」

「您的意思是，要我以後心甘情願的聽訓？這怎麼可能呢？」

老醫生想想也是，就想了另外一個建議，「那你以後能不能多出去走動走動？你老是窩在家裡，偏偏家裡又會接觸到很多你不想聽的話，你的耳朵當然就要受苦了，如果你的生活範圍大一點，接收的話語種類多一點，甚至能夠營養一點，很可能就不會有這麼多話語被硬塞進去了。」

可是，阿默先生覺得這個建議也很難辦到，因為他從年輕的時候就很不喜歡出門，自從半年前退休以後，就更喜歡待在家裡，幾乎天天足不出戶。

老醫生最後想出的辦法是：「那你總得養成經常打掃耳朵的習慣，及時把空間給騰出來吧？譬如有很多你根本不必去在意的話，何必讓它們留在耳朵裡呢？難道你沒有聽過『左耳進，右耳出』這句話嗎？」

「聽是聽過，可是，我覺得好難啊。」阿默先生還是這麼說。

這時老醫生想起，那天所看到的兩個女人在診間裡互相怪罪的一幕，心想：「唉，其實阿默先生也不容易，但是，這是阿默先生的家務事，外人實在也不好多說什麼。」於是，只好含含糊糊的說：「算了，慢慢來吧，反正我講的這幾個辦法，你就盡量試試看吧。」

阿默先生重重的嘆了一口氣，「我看我是沒救了。」

「別這麼喪氣，這畢竟不是什麼大不了的毛病，又不會影響你真正的健康，充其量就只是會比較煩一點就是了。」

說到這裡，老醫生又想起，那天阿默先生的老婆和老媽，竟然堅持要把那些掉出來的字拿來排排站，然後一個個捏起來湊在鼻尖上仔細端詳比較，說要弄清楚哪些字是黑的，哪些字是灰的；哪些字是老媽從前就塞進去的，哪些字又是最近老婆剛剛才擠進去的……

想到這裡，老醫生不由得心想：「唉，好像還不是普通的煩。」

看到阿默先生那麼垂頭喪氣，老醫生也不知道該怎麼安慰他，只能不痛不癢的說：「想開點吧，只要能想得開，很多病馬上就會好了一大半，何況你這又不是什麼會傷筋動骨的大病。」

就在這個時候，一個「哇」字又從阿默先生的右耳掉了出來。

就這樣，阿默先生在醫院裡住了沒兩天，就帶著特效藥回家了。

這個特效藥還真管用，自從服了這個特效藥以後，雖然還是會有字從阿默先生的耳朵裡跑出來，但至少不再是「流」出來的了，而是三不五時、斷斷續續的「蹦」出來。

而且，這個特效藥好像還有中和作用，反正呢，自從服用特效藥以後，這些從耳朵裡跑出來的字，基本上就是有黑有灰，比例相當平均，這麼一來就替阿默先生省了不少麻煩，老媽和老婆總算可以休兵了。

現在，阿默先生在床頭櫃上放了一面小鏡子。他本來就有在睡前看書的習慣，現在他看著看著，只要有了睡意，打算要睡覺的時候，他就會在睡前把小鏡子拿起來對著耳朵看一看，看看有沒有字跑出來，有的話，他往往都是捏起來先看一看是什麼字（或許是因為阿默先生在退休前是資深編輯，

大半生都在跟文字打交道，對字比較敏感，也比較有興趣，何況還是從自己的耳朵裡掉出來的字呢），然後再輕輕一撣，直接把它撣掉。

老婆大人對於阿默先生如此處理從耳朵裡跑出來的字，非常不喜歡。

「好髒呵！」她常常皺著眉頭抱怨，「太不衛生了啦！」

「有什麼不衛生？我撣的是字，又不是耳屎。」

「可是還不都是從你的耳朵裡跑出來的？都一樣啦！」

好吧，為了避免老婆大人繼續轟炸下去，阿默先生做了一點讓步。那就是每當他捏起那些字以後，不再隨便亂撢，而是認準目標的撢；阿默先生的床頭櫃上，除了幾本書和一盞檯燈之外，還有一小盆萬年青，現在，他就是把那些小螞蟻般的字，撢進那一小盆萬年青裡。這麼一來，雖然老婆大人仍然不太滿意，但總算是勉強接受了。

說起來，阿默先生這次住院，對於他的生活來說，還是很有幫助的；至少他感覺得出來，老婆大人真的克制許多，現在碰到以前她一定至少會講一百句以上的情況，現在她講了六、七十句，就會非常節制、非常勉強的打住。阿默先生心想：「她大概還是不希望從丈夫耳朵裡跑出來的字都是灰灰的吧。」

有一天晚上，阿默先生正要把剛剛掉出來的一個「秋」字，撢進那盆萬年青裡的時候，忽然發現萬年青的盆土上，居然躺著一個「樂」字。

阿默先生記得前兩天，自己曾經把一個「樂」字撢進去過，可問題是眼前這個「樂」字，比那天那個「樂」字要大，甚至應該說比以往那些字都要來的大！如果以前那些字是小螞蟻，那眼前這個「樂」字，至少有一隻大黑蟻那麼大！

「老婆，快來看！」

阿默先生把那個「樂」字指給妻子看，她一看，大吃一驚，「這個字好像比較大，你的耳朵痛不痛啊？」

她還以為這是剛剛掉出來的呢。

「不是，這是前兩天掉出來的字，我記得至少是在兩天以前。」

「真的嗎？你確定？」

「當然確定，我在撢進去之前都習慣會看一下的。」

「可是，這個字怎麼會特別大？」

「它剛剛掉下來，被我撢進去的時候，沒這麼大，當時是跟其他的字一樣，小小的。」

阿默先生的妻子張大了嘴，驚訝的說：「你的意思是……這個字長大了？」

阿默先生想了一想，斟酌了一下措辭以後才說：「我也不知道它是不是長大了，它又不是動物，也不是植物，怎麼會長大啊？不過我確定它反正是變大了。」

「真的嗎？好端端的怎麼會突然變大了呢？」阿默先生的

妻子又對著那個「樂」字看了一看，有些擔心的問：「該不會有什麼危險吧？」

「應該不會吧？」說著，阿默先生就伸手去捏住那個「樂」字。

「喂！你幹什麼？」妻子說：「能碰嗎？不會有毒吧？」

「有毒也來不及了，我已經碰到了。」

阿默先生把那個「樂」字湊在眼前看了一會兒，「嗯，還是軟軟的。」

在這個時候，這個「樂」字至少還是平面的。

阿默先生看了一會兒，也看不出更多的名堂，於是就先把這個「樂」字放在床頭櫃上，然後把那盆萬年青捧起來仔細檢查，結果……嘿！還真的又被他找到一個「蓮」、一個「翔」和一個「遠」，這三個字也都和剛才

那個「樂」字一樣，都變大了，其中「翔」這個字變得比剛才那個「樂」字還要大。

「真奇怪。」阿默先生看不出個所以然來，就把這些字統統都放在桌上。

「喂，放在這裡幹什麼呀！」妻子的口氣一聽就是不大高興。

「我想研究一下。」

「這種廢物能有什麼用啊？我看還不如趕快丟掉吧！免得我一看就不舒服。」

「現在連垃圾都能再生了，為什麼這些字就一點用處也沒有？」

妻子還是說：「我就不相信能有什麼用處！」

「那以前也沒人相信能用保特瓶來搭蓋房子和做衣服吧！」

妻子當然還是很不服氣，不高興的說：「你在胡扯什麼！那個怎麼能夠跟這個比呢？」

「反正，妳就讓我想一想吧，別急著逼我丟掉就是了。如果妳覺得看著礙眼，我就先找一張紙把它們包起來就是了。」

隔天早上，阿默先生惦記著這四個神奇長大的字，一吃過早飯就迫不及待的把紙包打開，想要仔細研究。

經過一個晚上，這幾個字倒是都維持著昨天晚上的大小，沒有再繼續長大。

OKAZAKI

阿默先生把它們一個一個捏起來看，不斷盤算著這些字能不能有什麼用處？

他忽然想起最近正在看的一本書，書上有一章的標題上有一個斗大的錯字，本來應該是一個「樂」字的，居然打成了「業」字；就在這個時候，阿默先生有了一個想法：何不用這個「樂」字，來修正那個「業」字呢？

於是，阿默先生趕快去把那本書拿來，翻到有錯字的那一面，比劃了一下，覺得好像可行，然後就開始做起了手工；他先把「樂」字貼在一小張白紙上，再把小方塊小心的剪下來，小心翼翼的貼在那個「業」字上面。

經過這番改造，雖然那個「樂」字仍然看得出來是後來加工貼上去的，不是一開始就這麼印的，但是至少整個標題看起來正常了，意思也清楚了，不會不知所云，阿默先生覺得看起來順眼多了。

阿默先生從擺放著咖啡杯的盤中端起咖啡啜了一口，默默的欣賞著自己的手工成果，心想如果書上的錯字都用這種人工方式修正一下，倒也不錯。看到書上有錯字，向來令阿默先生覺得很不舒服，因為，阿默先生做了大半輩子的編輯，「揪錯」可以說已經是他的一種習慣，或者乾脆說早就成了一種本能，每次一看到書上有錯字，他就會覺得手癢癢的，渾身不舒服，就是很想把它更正過來。只是，阿默先生又想到，書上的字從標題到內文再到圖片說明，大小都不盡相同，就算這些「字」本身是合用的，大小也未必適合。

由於咖啡杯盤上原來有一點點水，端著咖啡杯的阿默先生

這時剛好看到從咖啡杯底部滴下了兩滴水，正巧滴到放在桌上的那個「翔」字上面，接著，不可思議的事情發生了。阿默先生看到那個「翔」字開始慢慢變大！不過，只變

夢
逃
圖
提
作
我
藝
絡
家
完
守
亮
時
如
物
體
楷
趣

大了一點，變成可以用來放在封面當作書名標題字那樣的大小之後又不動了。

一個靈光突然閃過阿默先生的腦海。

「會不會是水分讓這些字變大的？」阿默先生心想。

他決定要馬上做一個實驗。

阿默先生趕快拿來一個小碗，把這幾個字都丟進去。過了一會兒，嘿，還真的就如阿默先生所預測的那樣，這些字吸收了水分之後，很快就都變大了一些。

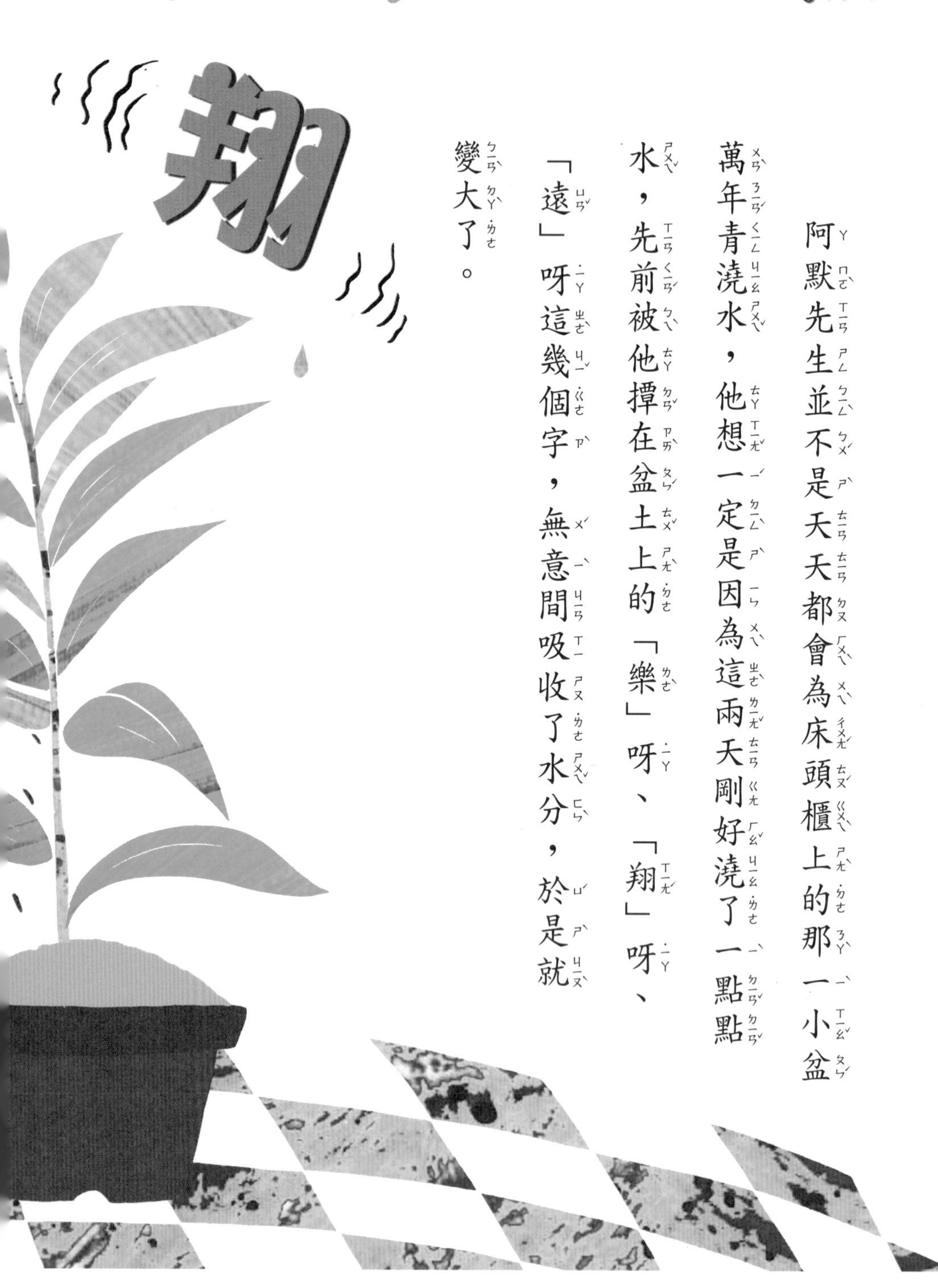

阿默先生並不是天天都會為床頭櫃上的那一小盆萬年青澆水，他想一定是因為這兩天剛好澆了一點點水，先前被他撣在盆土上的「樂」呀、「翔」呀、「遠」呀這幾個字，無意間吸收了水分，於是就變大了。

遠

樂

這可真有意思！阿默先生饒富興味的看著泡在水裡的那幾個字。又過了一會兒，這些字比起剛才又大了一點，現在看起來，一個個至少都像是一隻飛蛾那麼大了！而且，撈起來一看，他發現這些字在變大之後，也開始都有了一點厚度；現在它們不再那麼平平扁扁的了。

接下來的幾天，阿默先生就迷上了這個特殊的實驗。他特

別準備了一個小本子，詳細記錄這些字泡在水裡的時間，和它們變大之間的關係。漸漸的，阿默先生發現，這些字就算是同時泡到水裡，但是能變得多大、以及變大的時間，跟它們的筆畫多寡有關係。

由於阿默先生非常熱中於這個實驗，他開始感覺到現在「字」從他耳朵裡蹦出來的速度太慢了，也就是說，阿默先生覺得需要更多的字來做實驗。

這天，妻子有些狐疑的問他：「奇怪，我怎麼覺得你的耳

朵又跟前段時間還沒看醫生之前一樣了？那些字好像又變成不斷的流出來了。」

其實，是因為阿默先生偷偷的把醫生開的特效藥給停了。那個特效藥本來就是幫忙阻止更多的字從阿默先生的耳朵裡流出來，現在，阿默先生自作主張的把藥給停了，當然很快又變成一開始那種不斷流出字的情況，只不過不像最初那麼嚴重而已。可是，阿默先生為了避免老婆大人發火，抵死不承認，堅持說是她的錯覺，然後拚命掩飾，每當那些字流出來得多了，就趕緊擦掉。

可是，紙包不住火，阿默先生私自停藥的事，還是被老婆發現了。

這天是周末，老婆大人沒出門去跳土風舞，一大早無意中發現了阿默先生藏在櫃子裡的一個大大的布包包，打開一看，看到裡頭有一大堆大大小小、厚薄不一的字，覺得很奇怪，因此起了疑心。緊接著，立刻突擊檢查阿默先生的抽屜，翻了又翻，終於發現上回醫生開的藥，居然還原封不動的塞在抽屜的最深處，根本動都沒動過！

「好哇！你好大的膽子，居然敢自己停藥！怎麼這麼不聽話呀！」妻子大發雷霆，抓起那一大包的字就想往外丟，「這些廢物，我一看就有氣，還不趕快把它們統統丟掉！」

「不能丟，不能丟！一定會有用的！」

「別開玩笑了，我才不相信會有什麼用呢！」說著，老婆馬上伸手過去就想要搶。

「我還在想！一定會有用的！」阿默先生拚命護住布包

包。

「好，要我不丟這些怪東西也可以，你先把藥給吃了，現在就吃，馬上就吃！」

在老婆大人軟硬兼施的威逼之下，阿默先生只好乖乖再度吃了那個特效藥。然後，他怕老婆反悔而回過頭想丟掉他的「字寶貝」，於是趕緊抓起布包就往外跑！連早餐都顧不上吃了。

「有誰會需要這些字呢？」阿默先生想著。

剛走出巷口，看到鄰居家的門牌上掉了一個「安」字，阿默先生靈機一動。

「『安』這個字我好像有，大小也差不多。」說著，阿默先生就停下來，打開布包，翻翻撿撿，拿出兩個「安」字，比對了一下，其中一個「安」字的大小明顯比較合適。於是，阿

默先生就把隨身攜帶的小本子和筆拿出來，從小本子上撕下一張紙，寫著：「送給你補門牌。」然後再用這張紙把「安」包起來，放進鄰居的信箱。

這些字終於開始發揮作用了！阿默先生很高興。

他繼續往前走，心想：「還有誰會需要這些字呢？」

他就這樣漫無目地的走呀走呀，走到一座公園。中途他停下來在超商買了一卷膠帶，然後沿路順手修好一個路牌以及一個公車站牌上掉落的字。

公園門口有一個測字攤。攤子前坐著一個瘦瘦的測字先生。

測字算命

阿默先生走上前，打開布包，問測字先生：「這些字您要不要？」

測字先生看了一眼，眼睛一亮，表現出很有興趣的樣子，「喲，這些字倒滿好看的，怎麼賣？」

原來，這個測字先生早就在想，現在有好多人連非常簡單的字都會寫錯，不如以後就別讓顧客寫字了，乾脆就給他們一大堆像這樣的立體字，讓他們直接挑一個字出來算了；因為，那些錯字連篇的人，如果不叫他們動手寫，只叫他們認，基本上他們是都還會認得字的。

可是，測字先生沒想到阿默先生居然會說：「不要錢，免費贈送。」

測字先生一臉狐疑，很快就說：「那我不要了，謝謝。」

「沒關係啊，如果你喜歡的話，我就送你啊。」

「不要不要，真的不要了，謝謝！」說完，測字先生就低頭看書，表明了不想再搭理阿默先生。

阿默先生只好走了。測字先生瞄了一下阿默先生的背影，心想：「哼，別想唬我了，這年頭哪會有免費贈送這種好事，我才不信呢。」

阿默先生又往前走了一會兒，看到一家工藝品店，店面雖然不大，但是一眼看過去，就覺得很雅致也很可愛，門口掛了幾個小巧的風鈴。

阿默先生突然有了一個點子。

他走進小店，看到一個紮著馬尾、分不清是男還是女的傢伙，正在低頭編織一個手工藝品，好像是一個小袋子。

手作坊

「請問你是老闆嗎？」阿默先生問。

那人抬起頭來，「是啊，有什麼事嗎？」

老闆一開口，阿默先生就確定他是男生了。

「請問你們接不接受訂製的風鈴？」

「您要什麼樣的風鈴呢？」老闆問。

「我想要一個文字的風鈴。」說著，阿默先生就打開布包，拿出一些大大小小的「望」呀、「信」呀、「愛」呀、「遙」呀，然後統統攤在桌上。

老闆看了一會兒，挑出一個小小的「可」，「我覺得用這個當成最下面的吊飾還不錯。」

「好啊，隨你怎麼設計，我過兩天來拿。」

走出小店，阿默先生的布包已經輕了很多。

阿默先生愈來愈有信心了，心想：「我就知道，這些字一定會有用處的。」

才這麼想著，阿默先生來到一所小學。

阿默先生停了下來，看著校園裡幾個正在跑跑跳跳的小朋友，他的心裡忽然一亮，有一種恍然大悟的感覺。

「對了，這是讓小朋友學習認字很棒的教具啊。」阿默先生想著：「我應該早就想到的！」

就在阿默先生想著該怎麼把這些教具給小朋友用的時候，一個年輕的女孩剛好走了出來，阿默先生覺得女孩看起來滿有氣質的，就大著膽子走向前問道：「請問您是這裡的老師嗎？」

「是啊，有什麼事嗎？」

「太好了，請問您是教幾年級？我這裡有一些認字用的道具，我想提供給您用用看。」

「您是推銷員嗎？推銷教具？」

「不是的，是免費提供。」

老師看了一下布包裡的字，考慮了一會兒，「先生，我老實跟您說，我們可能沒有經費讓我們額外來買什麼教具，不過，如果您保證是免費的，我可以試試看，我正好是教低年級，我在想如果讓小朋友可以觸摸到這些字，或許能夠讓他們對認字產生更大的興趣。」

「那好啊，」阿默先生急著說：「保證免費，保證免費！

我只希望這些字能夠有用。」

老師又拿起幾個字看了又看，「這些字好像是手工藝品。

都是您自己做的嗎？」

阿默先生含混的「嗯」了一下。他想，既然是從自己耳朵裡跑出來的字，又是自己洗乾淨，還把它們泡成不同的大小，應該算是自己做的吧！

女
西

過了兩天，阿默先生在去手工藝品店拿訂製的字風鈴之前，特別先繞到那所小學找到林老師（就是願意試用他提供的「認字教具」的那位女老師），想了解一下這些教具使用的情形。

「小朋友對於認字的興趣有沒有大一點？」阿默先生問。

「有啊，不過，這些字好像有一點脆，小朋友不小心弄壞了好幾個字。」

哪些字呢？有分了家的「芬」（上面的草字頭跟下面的「分」分家了）；有被腰斬的「要」（上面的「西」跟下面的「女」攔腰斷成兩截）；有拆夥的「松」（左邊的「木」跟右邊的「公」折成兩半……

「沒關係，」阿默先生說：「我把這些字回收，修一修，過兩天再給您送來。」

林老師笑著說：「我知道現在有很多東西都可以回收，可是我覺得這些壞掉的字倒不需要回收，因為我感覺這樣也很好用，我正好可以讓小朋友排列組合，比方說……」

林老師把一個「西」跟一個「木」拼在一起，「您看，這不就成了『栗』字嗎？」

「咦，對呀！」阿默先生很高興，「那我回去把一些壞掉的字也都拿來給您好了，也許您能派上用場。」

「好啊，」林老師又說：「這些字您還有的話，就都給我吧，當作是我向您回收好了。我另外還想到一個很好的用途。」

原來，林老師有一個小表妹，今年十歲，是一個雙目失明的孩子。

「中文這麼美，可惜她從小就看不見，我在想，如果可以讓她用摸的，一個一個摸著這些中文字，或許她多多少少比較能感受得出中文的美。」

阿默先生覺得很感動，馬上說：「沒問題，我回去以後，馬上就替您準備！」

「不會太麻煩您吧？」林老師說：「其實我也可以用厚紙板自己製作一些立體字，謝謝您給我的靈感。」

「哪裡，不麻煩的。」說著，阿默先生馬上就往家裡跑。

在回家的路上，阿默先生想起一大早在出門之前，才被老婆大人強迫吃了特效藥，忽然有點擔心吃了特效藥以後，如果字又流不出來了，或者耳朵裡的字根本已經不夠了，那可怎麼

辦呢？

不過，阿默先生覺得這個問題並不難解決。他很快就想到了一個好辦法。

回到家，看到老婆大人正一個人坐在客廳裡看電視，看得哈哈大笑，阿默先生走過去，然後……不是坐下來跟太太一起看，而是故意用身體把電視擋住！

老婆大人急得猛揮手，「走開走開！沒看到我正在看電視嗎？」

「嗯，不走，我就是喜歡站在這裡。」

「你說什麼？你吃錯藥啦？存心要跟我搗蛋啊？」

「嗯，沒錯，我就是要跟妳搗蛋，這幾天我還故意不吃特效藥呢。」

「對啊，我想起來了！你真的好可惡啊！」

看著太太開始哇啦哇啦的大罵，阿默先生很高興，而且還聽得很認真。因為他記得醫生曾經告訴過他，有些話不用留在耳朵裡，可是現在他就是想要讓這些話留在耳朵裡，這樣等一

下它們才會流出來。

然而，老婆大人才罵了一會兒，就突然停住了。

「咦，沒有了？罵完了？怎麼會這麼快？不可能吧！我知道妳的實力的，別客氣呀，再來呀！」阿默先生說。

「你……你好奇怪啊，明明是在挨罵，怎麼還笑啊？你沒事吧？」

看到老婆一臉擔心的表情，阿默先生更著急，因為他很怕老婆不罵了，急著說：「我很好，我沒事，妳再罵呀！」

可想而知，這麼一來，老婆當然更不會罵了，而是趕快打電話詢問醫生。

稍後，夫妻倆來到醫院，兩個人都很著急。

阿默先生的妻子問：「醫生，他是不是瘋了？」

阿默先生則是問：「奇怪，我的耳朵怎麼好像不再有字跑出來了？」

老醫生為阿默先生詳細檢查了一下，又認真聽了阿默先生的妻子的描述，摸摸下巴上的鬍子，仔細謹慎的思考著。

妾
妾
妾

終於，老醫生開口了。他先把阿默先生的妻子請出去，說想單獨跟病人談一談。

阿默先生說：「我記得您說過，要我及時打掃耳朵，把空間騰出來，那我既然不打掃，也不騰空間，我耳朵裡的字不是應該還會有很多嗎？」

老醫生笑了一下，「可是你忘了，一開始我就跟你說過，你之所以會得這個怪病，都是因為你在聽這些話的時候太勉強了，現在既然你這麼心甘情願的聽老婆講話，這些話就不是被硬塞進去，你的耳朵自然就不會再有被塞爆的情況了。」

阿默先生一聽就愣住了，這才明白，原來……他在無意之間，居然治好了自己的怪病哪！

《魔字傳奇》後記

◎管家琪

作家寫作也經常會面臨像小朋友所面臨的「命題作文」的情況。這篇《魔字傳奇》就是一個被要求是能夠融入環保概念的童話。

該怎麼樣和孩子們談環保呢？該怎麼樣才能談得不是那麼生硬，而能夠擁有故事性，甚至於能夠擁有趣味性呢？「寓教於樂」確實是兒童文學值得追求的理想啊。

寓教於樂

我想了很久，決定盡量只提煉一個跟環保有關的重要概念，盡可能自然的融入到故事裡，成為故事的精神，而不要板著臉孔來跟小朋友大上環保課，企圖假借動物或植物或玩具之口，大段大段的抄一些環保知識塞到裡頭。

我們常說「言教不如身教」，真正高明的教育並不是只靠滿嘴大道理，這樣是很難產生效果的。教育需要感染力，道理不需要多，但一定要簡單明瞭。

＊　＊　＊

《魔字傳奇》的靈感來自於「廢物利用」這個詞的說法或者做法。

「廢物利用」絕不是小氣，更不是摳門，而是一個很基本、也很關鍵的環保概念。

既然一切的資源都是有限資源，那麼如何將看起來好像已經完全無用的東西（也就是所謂的「廢物」），重新發揮它的價值，這其實考驗著我們的智慧。

＊　＊　＊

首先，我得先決定要用什麼「廢物」來作為故事的主體。

到底有什麼可以稱得上是「廢物」的東西，而且還要帶著點童話的味道？

有一天，我在餐廳用餐的時候，聽到電視上正在播報一則新聞，幾個傢伙正在臉不紅氣不喘的、一個接一個的睜眼說瞎話，當時我還真巴不得自己能夠暫時性的失聰，不用再聽這些廢話。想到這裡，我忽然在想，我們從小到大聽到的廢話真不知道有多少，如果說某某人講話「一點營養也沒有」，意思就是此人說的是廢話，那麼，「廢話」有沒有可能再利用呢？

我接著又想，所謂的「話」，不就是一個字、一個字，或是一個詞、一個詞，然後配合標點符號組成一個句子、一個句子的嗎？所以，要怎麼樣來表現「廢話」，我很快就想到要讓這些「話」化整為零，變成具體的「字」。

有一個人，因為經常挨訓，耳朵很受苦，經常被塞進一大堆的廢話，有一天，他的耳朵終於被塞爆了，那些廢話開始變成毫無組織的「字」，一個又一個的從他的耳朵裡掉出來……這便是《魔字傳奇》最初的構想。

＊　＊　＊

要如何將這些「字」廢物利用呢？

廢物利用其實是一個資源再生的過程，既然要再生，自然很容易就聯想到水，畢竟水是生命之源啊。

看看世界四大古文明——中華文明、古埃及文明、古代兩河流域文明、古印度文明，都是誕生在有水的地方。中華文明誕生於黃河流域以及長江中下游平原地區；古埃及文明發源於尼羅河下游流域；古代兩河流域文明也就是古巴比倫文明，發源於底格里斯河和幼發拉底河中下游，通常稱為「美索不達米亞」，希臘語的意思就是「兩河之間的土地」；古印度文明則是發源於恆河流域。可以說人類文明離不開水，也可以說有水的地方，就會有奇蹟。

＊　＊　＊

有了水，促成了這些「字」的再生，那麼，這些字到底有什麼用呢？

接下來就是一連串的聯想了。有實用性的用途，也有教育性以及工藝美術上的用途。

西方有一種說法：「有意願，就會有方法」，想要廢物利用首先應該是一個意願問題，只要有了這個心、這個意願，就能想出相應的辦法。

更何況中文實在很美，尤其是正體字。

我一直到近兩、三年來，才開始用電腦寫作，一方面固然是出於對科技的畏懼，另一方面真的也是因為我一直很喜歡在稿紙上書寫的感覺。真不知道「筆耕」一詞是誰創造出來的，想想看，把有格子的稿紙比喻成農田，而把在格子裡一個字、一個字慢慢書寫，比喻成辛勤耕耘，這種說法實在是太傳神、也太有意境了。別說寫作，我一直覺得光是寫字本身，就已經很有樂趣了。

＊　＊　＊

中國有一種古老的說法，叫作「一體兩面」，確實如此。一般來說，凡事都有好有壞，絕對的好事或絕對的壞事都是很少的。在這篇《魔字傳奇》中，除了「廢物利用」，另外一個重要的精神就是「一體兩面」；「一體兩面」也可以說

是整個故事的主軸。

阿默先生得了一種怪病，從耳朵裡會掉出一個又一個的字，在這個時候，這種怪病當然是不好的，為阿默先生帶來了很多困擾，可是後來當他開始把這些字廢物利用的時候，怪病之於他就不是一件壞事了。然而，也就在他開始刻意想要往耳朵裡塞進一些廢話的時候，他的怪病就好了。

＊　＊　＊

總之，再大的議題，譬如環保，也可以用很簡單的概念來表現。同樣的，再大的議題，也能夠在我們的生活裡找到落實的地方。廢物利用，其實就是愛惜資源，就是環保。

國家圖書館出版品預行編目資料

魔字傳奇 / 管家琪作；吳嘉鴻繪圖. - - 初版. - 台北市：幼獅, 2012. 09
面； 公分. --（新High兒童故事館；10）

ISBN 978-957-574-878-4（平裝）

859.6 101013941

・新High兒童・故事館・10・

魔字傳奇

作　　者＝管家琪
繪　　圖＝吳嘉鴻
出 版 者＝幼獅文化事業股份有限公司
發 行 人＝李鍾桂
總 經 理＝廖翰聲
總 編 輯＝劉淑華
主　　編＝林泊瑜
編　　輯＝黃淨閔
美術編輯＝李祥銘
總 公 司＝10045台北市重慶南路1段66-1號3樓
電　　話＝(02)2311-2832
傳　　真＝(02)2311-5368
郵政劃撥＝00033368

門市
・松江展示中心：10422台北市松江路219號
電話：(02)2502-5858轉734　傳真：(02)2503-6601
・苗栗育達店：36143苗栗縣造橋鄉談文村學府路168號（育達商業科技大學內）
電話：(037)652-191　傳真：(037)652-251

印　刷＝嘉伸印刷股份有限公司
定　價＝260元
港　幣＝87元
初　版＝2012.09
書　號＝987208

幼獅樂讀網
http://www.youth.com.tw
e-mail:customer@youth.com.tw

行政院新聞局核准登記證局版台業字第0143號

幼獅文化公司／讀者服務卡／

感謝您購買幼獅公司出版的好書！
為提升服務品質與出版更優質的圖書，敬請撥冗填寫後（免貼郵票）擲寄本公司，或傳真（傳真電話02-23115368），我們將參考您的意見、分享您的觀點，出版更多的好書。並不定期提供您相關書訊、活動、特惠專案等。謝謝！

基本資料

姓名：........................先生／小姐

婚姻狀況：□已婚 □未婚　職業：□學生 □公教 □上班族 □家管 □其他

出生：民國..........年..........月..........日

電話：（公）..........（宅）..........（手機）..........

e-mail：..........

聯絡地址：..........

1.您所購買的書名：**魔字傳奇**

2.您通常以何種方式購書?：□1.書店買書 □2.網路購書 □3.傳真訂購 □4.郵局劃撥
（可複選）□5.幼獅門市 □6.團體訂購 □7.其他

3.您是否曾買過幼獅其他出版品：□是，□1.圖書 □2.幼獅文藝 □3.幼獅少年
□否

4.您從何處得知本書訊息：□1.師長介紹 □2.朋友介紹 □3.幼獅少年雜誌
（可複選）□4.幼獅文藝雜誌 □5.報章雜誌書評介紹..........報
□6.DM傳單、海報 □7.書店 □8.廣播(　　　)
□9.電子報、edm □10.其他..........

5.您喜歡本書的原因：□1.作者 □2.書名 □3.內容 □4.封面設計 □5.其他

6.您不喜歡本書的原因：□1.作者 □2.書名 □3.內容 □4.封面設計 □5.其他

7.您希望得知的出版訊息：□1.青少年讀物 □2.兒童讀物 □3.親子叢書
□4.教師充電系列 □5.其他

8.您覺得本書的價格：□1.偏高 □2.合理 □3.偏低

9.讀完本書後您覺得：□1.很有收穫 □2.有收穫 □3.收穫不多 □4.沒收穫

10.敬請推薦親友，共同加入我們的閱讀計畫，我們將適時寄送相關書訊，以豐富書香與心靈的空間：

(1)姓名..........e-mail..........電話..........

(2)姓名..........e-mail..........電話..........

(3)姓名..........e-mail..........電話..........

11.您對本書或本公司的建議：

廣　告　回　信
台北郵局登記證
台北廣字第942號

請直接投郵　免貼郵票

10045　台北市重慶南路一段66-1號3樓

幼獅文化事業股份有限公司 收

請沿虛線對折寄回

客服專線：02-23112832分機208　　傳真：02-23115368

e-mail：customer@youth.com.tw

幼獅樂讀網http：//www.youth.com.tw